送你时间

谢德新 著

九州出版社
JIUZHOUPRESS

图书在版编目（CIP）数据

送你时间 / 谢德新著. —北京：九州出版社，2012.4
ISBN 978-7-5108-1447-1

Ⅰ. ①送… Ⅱ. ①谢… Ⅲ. ①诗集－中国－当代
Ⅳ. ①I227

中国版本图书馆CIP数据核字(2012)第071947号

送你时间

作　　者	谢德新　著
出版发行	九州出版社
出 版 人	徐尚定
地　　址	北京市西城区阜外大街甲35号(100037)
发行电话	(010)68992190/2/3/5/6
网　　址	www.jiuzhoupress.com
电子信箱	jiuzhou@jiuzhoupress.com
印　　刷	三河市东方印刷有限公司
开　　本	880毫米×1230毫米　32开
印　　张	7.625
字　　数	144千字
版　　次	2012年6月第1版
印　　次	2012年6月第1次印刷
书　　号	ISBN 978-7-5108-1447-1
定　　价	32.00元

目录

上编　海边絮语

补编 龙川感

上编

海边絮语

海边絮语

这一片沙滩所在地，史称“吴航”，据说当年郑和下西洋从这里启航。晴朗日远处马祖列岛遥遥隐现，众多的新婚夫妇在这里照婚纱照，感慨系之。

新婚的新郎新娘
明天就要步入婚姻的殿堂
到这里留下一个倩影
告别了人生孤旅
　　　　去迎接双人划桨的起航

你们在纪念什么
　　你们在祈祷什么
　　　　你们在借天和地的哪一种物
　　　　　　去喻意寄托未来的吉祥？

我劝你不要去拍摄飞翔的海鸥
别看它扬飞的青春在展翅
别看它有洁白圣雅的外装
别看它嬉闹在天地间无忧无虑
别看它相偎相依成对成双
一旦暴风雨超出生命意志的极限
成团成簇也会展开各自逃生的翅膀
毫无顾忌地丢下受伤的同伴
留下大海潮涌潮动的空茫

我劝你不要去拍摄伫立的礁岩
别看它沉默深沉没有巧语花言
别看它迎潮动而立一步也不退让
别看它坐卧千年显示天长地久
别看它忠于职守护卫大陆的边疆
连一捧土也容不下
一根草也长不住
一滴水也盛不了
如此的不环抱生命
不呵护成长

只显示自己的生存坚强

怎么值得去托付爱的梦想？

我劝你不要去拍摄奔腾的海潮

别看它来时汹涌澎湃

别看它裹挟鱼虾蟹贝胸有大量

别看它顺月盈缺而动信守旦旦

别看它惊天动地有男子汉的坦荡

冲动时激情难挡

情退时覆水难收

如此的反复无常

你有能力去赶上吗

人生之旅如白驹过隙本身匆忙

我劝你不要去拍摄晚霞中的夕阳

那是生命将逝回光返照的假象

我劝你不要去拍摄云朦雾胧的岛屿

那是隔海相望分离中的忧伤

我劝你不要去拍摄闪光静止的沙滩

金黄的颗粒凝结岁月蹉跎的沧桑

我劝你不要去拍摄闲散漫步的游客
漫不经心的眼也许在虎视你的新郎新娘

拍一拍蓝天白云高远浩旷
拍一拍青松苍苍芦荡茫茫
拍一拍辛劳的拾海人
弄潮者的冲浪
拍一拍泥泞中高蹦的跳鱼
沙滩上河蟹凿巢的争抢
拍一拍玩耍孩童的欢笑
舟楫扬帆的远航
拍一拍你我对视的秋眸
怦怦跳动的心房
这是鲜活的生命
生命的希望
希望中的成长

爱之活力来自生命
爱之希望蕴育在成长
生命——希望——成长！

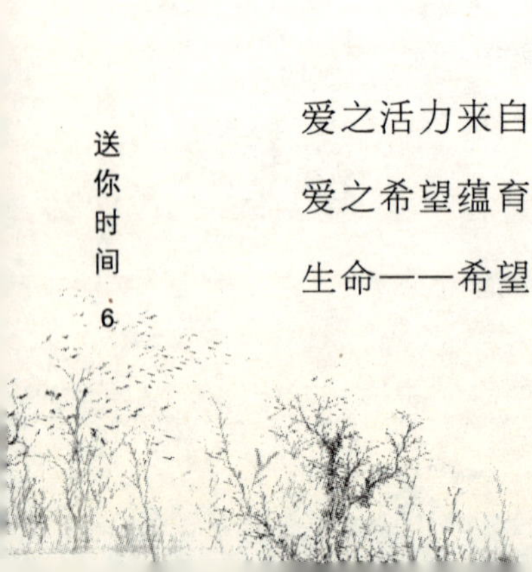

远游的海龟

看《动物世界》，海龟一年一度漂洋过海去海岛繁殖，生下蛋后又返回。远游似乎成为它生命的全部。

远游

　远游

游过暗礁

游过激流

哪顾天上展翅饶舌的海鸥

哪顾海底亮丽艳红的珊瑚

炎日曝晒清晰神兆甲文

漂冰寒足锻造不老筋骨

自然罗盘导引绕过百慕大漩涡

十二级台风也难阻留驻足回首

累了　　浮水面看一看蓝天

饿了　　大海恩赐自然漂浮生物

躲过天敌袭击全凭运气

难顾怜掉队同伴残尸骸骨

不计算游过多少海里

不考虑季节变幻春秋

一心只奔那个遥远的远方

那里——

　　　　阳光温暖

　　　　　金色的砂粒细软

那里——

　　　　岸高地阔

　　　　　天赐孩子诞生的吉土

远游

　远游

终于看到了礁岩

终于看到了沙滩

终于看到了密麻麻海鸟在等候

其实到了
　　仅为了生下一窝龟蛋
沙子掩埋
　　生死听命无盼无忧
大洋那边又召唤我了
快启程回游
　　回游
又是一番风险
　　又是一路艰苦
也许感悟了生命密码
出壳的小海龟即时奔向洋流
　　去追寻母亲走过不熟悉的路
没有师傅教过游泳
　　没有吸过点滴母乳

远游
　　回游
回游
　　远游
只为完成物种延续的使命

　　　　　　　　　　神赋

只为传授后代生命的轮回

　　　　　　　　　　密嘱

心中只有一个意念

生命只有一个目标

远游

　　回游

回游

　　远游

去探寻海龟生命存在的意义吗

问苍天

　　　问海洋

苍天不语

　　　　海洋摆手

问诸神

　　　问上帝

创世纪的上帝从不回答为什么

游动的海龟摇一摇浪中高昂的头

复活岛石雕

在智利首都圣地亚哥街头，矗立一尊奇异的石雕像，他来自神秘的复活岛……

生于何时

　　　没有记载

何人所造

　　　没有依据

只知腥腥的海风千年

只为孤孤的礁岛荒废

也许造它的人已奔向天堂

也许造了它就是为了遗弃

没有血肉之躯

没有七情六欲

听不到市井喧闹

说不出示欢笑语

连形体五官也有异于常人

只有憨憨的笑态给世人哑谜

面向东方

最早看到太阳升起

面对大海

最多感受水涌潮移

沐浴风风雨雨

看不到你的躁动

淡定年年岁岁

察不觉你的孤寂

都说造你的物在那一个星球

都说留下你是诫告不安分的人类

因为异己

世人视为稀奇

因为不解

后人奉若神谕

你还要沉默多少年
你移动还需几世纪
人们盼你开口说话
因为你知道世道沧桑的秘密
人们也怕你一旦开口说话
繁华的一切都会成为过去

寻诚在西溪湿地

杭州西溪湿地，紧挨美丽的西子湖畔，这里因电影《非诚勿扰》而出名，众多游客慕名来此觅爱觅情，感影名之寓深，咏之。

这里有群鹭戏逐的浅水
这里有飘送如雪信笺的芦苇
这里有挂满相思豆的红杉
这里有比富争艳的灼灼金菊
这里有基连湿土的温馨小屋
这里有磨鬓燕语的相拥男女
这里有地久天长的语爱
这里有泥身相揉难舍难分的情许
有诚吗

我还真不知晓

踱步丈量积满绿苔的弯弯石道
蹒跚漫游高高拱起的小桥探水
侧耳聆听纤瘦湘妃竹潇潇影语
暮然见绿汪汪水滴滴青菜萝卜菜畦
木码头的小舟还连接在拴马桩上
青石板搁放着仿古的捣衣棒槌
碎片似的浅滩星点点丛丛野花
伫立的仙鹤瞪眼候浮游的食鱼
动美　　静美　　美在显示生命旺盛的存在
那是怦怦跳动的心房给鲜活以动力
心在这里
肺又在哪里呢
我还真不知晓

都说湿地是地球的肺
肺与心相连生死不离不弃
你紧挨美丽的西子姑娘
那你一定是姑娘心旁的肺

也许喧闹的世界诚太少了
在心得不到的东西
我慕名来这里寻觅

眺望西子湖清波如许
柳浪闻莺地隐现曲美的苏堤
断桥边还在上演白娘子的传说
天堂牌的花伞扮海誓山盟的道具
山岚绰绰现葛洪修仙成道的茅观
高高的六和塔倒影波立
　　　　据说　　据说那藏有佛的舍利
幽幽的苏小小墓地芳草萋萋
亭亭玉立的荷花仙子褪妆出浴
闪烁烁光影处仿佛存留
　　　光脑袋的葛优坏坏傻讷的笑
　　　性感的舒淇大大鲜红的嘴

莫要说我矫情
莫要笑我痴迷
我寻诚在西溪湿地

带着心　　带着肺

带着深深的诚意　　诚意

象牙女雕

朋友送我一尊象牙女雕，光洁，清丽，脱俗，栩栩如生，飘逸灵动之韵，甚爱之。

从口吐莲花处孕生

白莲般的洁净

从古印度图腾演化

巫女般的神圣

走出黑黑国度的荒蛮原野

童话般的诡奇

创意于能工巧匠之手

飞天般的气韵

来自真诚朋友所赠

天际般的深情

飘走太平洋　　横穿红黄海

不辞辛劳跋涉万里而来

盼寻邂逅知音众生谁识英才

也曾供奉华贵殿堂

也曾辗转喧闹市场

也曾委身木雕婚床

人称我不甘平庸逃跑新娘

摸不到你的心跳

听不到你的喊叫

看到了你的微笑

感受到你的执拗

摆放在案头

高高

置放在心底

深深

菩提一样的珍视

情真

明镜一样的守候

　　　　　　　不允有半点灰尘

你这渭水送人间的洛神
你这异域出走的精灵
莫嫌弃我的寒舍太小
这里有识货呵护的主人！

史书黑白

群星灿灿　　　史书煌煌
有多少城头变旗易帜帝王
有多少庙堂呼风唤雨将相
猜不透的是李泌　　姚广孝[①]
　　　　　　一位白衣的道士
　　　　　　一位黑衣的和尚

白衣的道士挽盛唐坍塌于即倒
只手扭乾坤倒海翻江
黑衣的和尚逆风潮而动搅乱局
不屑明君贤相敢造反以弱胜强

① 李泌，道士，助唐肃宗平藩乱，实现中兴，史称“白衣宰相”。姚广孝，和尚，为明永乐大帝夺位治乱第一谋臣。

信无为道运作惊天动地有为大事
奉出世佛编排改朝换代入世道场
幕后牵线摆动木偶活剧
隐身演算掌上春秋暖凉
有了　　肃宗中兴
有了　　永乐闪光
　　　　旷世奇才的白衣道士
　　　　妙算神机的黑衣和尚

建赫赫奇功只奔恢恢宏业
揭竿举旗也为粉墨登场
芸芸众生有其想而无其胆
乱臣贼子有胆无运终究空忙
青史功成身退者寥寥有人
只是惧畏难共富贵的刻薄越王
自信有胆　　有识　　有运　　有智
小把戏吗　　都戏玩于股掌
不恋财富　　美色　　玉带　　绣蟒
都退去吧　　那并非我所想
这一位悠悠林泉琴棋书雅

那一位空空寺院孤语禅房
默念拆解那盘纷乱棋局
　　　　　　　　　　笑了
独坐回味那轮赌盘疯狂
　　　　　　　　　　乐了

有趣有味的白衣道士
迷史迷世的黑衣和尚

难辨姑苏

姑苏小桥水流
姑苏暖阁绣楼
　　　　四季和风熏熏
　　　　吴语绵软声柔
　　　　园林精巧雅致
　　　　评弹弦动魂勾
好一个富庶之地
好一个香艳乐土

姑苏壮哉虎丘
姑苏剑池痕留
　　　　天胆刺王专诸
　　　　称霸雄奇阖闾

血雨腥风犹存
述说吴越春秋
好一个兵家必争之地
好一个烟滚马嘶焦土

不见大江东去逐浪
波静风平优游堪选太湖
不闻金粉秦淮八艳莺语
但惊卧薪尝胆赳赳武夫
范大夫风流倜傥
伍子胥鞭尸粗鲁
明明是世仇血国混战厮杀
偏穿插浣溪女曼舞红袖
明明是城破剃发国仇家恨
偏出世护柳谦益词赋泰斗
太平天国均贫富望天下太平
搜珍网奇聚一堂还看忠王府

难识姑苏
难辨姑苏

这一片土地　　兼济刚柔

这一片土地　　同育文武

这一片土地　　掺杂混浊

这一片土地　　矛盾道儒

听雨桂公府[①]

琉瓦
曲廊
雕梁
画栋
客来人往
香车宝马如龙
紫荆藤茂
叶绿
枝青
花孕
风动婆娑

① 桂公府，为慈禧太后其弟大学士桂良府邸，载属太后所赐。因有西太后庇荫，甚为豪华奢侈，享晚清几十年之荣耀。现辟为餐馆。府中用食，睹物思人，又别有一番沧桑之感。

舞几棵栖凤梧桐

梨花木香柜旧尘除又刷新漆
两太后绣像经年月色泽艳浓
火旺旺
八卦炉烤鸭穿堂送香
亮晶晶
夜光杯陈年葡萄美酒血红

云聚天低骤闻远吼近啸
游燕归巢
劳蛛结网
飞鸽回笼
流水拨弦弄琴　　脆玉撒地
戏一场文武乐回荡苍穹
声韵芭蕉似叹　　击缶敲瓦
抛几片黄叶升空

瓦楞缝　　墙绮角
无名野花春梦魂断

闭朱门　　挡天空

　　　　　惊响醒世的大吕黄钟

忽明灭　　影闪闪

　　　　　丝棉纸糊就清式灯笼

雨潇潇　　风闹闹

　　　　　吵起昏沉沉辞世桂公

好一个豪门桂公百年大醉

迷眼惺忪望雨帘

　　　　　盼两道夺目彩虹

诘《万历十五年》[1]评海瑞

去陈词滥调

　　　　　　需立论新潮

欲惊世骇俗

　　　　　　做翻案文章最好

扬世风现实

　　　　　　莫以道德论世

史赞千年的清廉海瑞

　　　　　　　　　　竟变成古怪官僚

不贪财不好色

　　　　　　　全没人性

惩腐败怜草民

① 《万历十五年》，为历史学家黄仁宇著，书中对海瑞之评反传统所言，为新潮者热捧，笔者不苟其言，虽佩服全书整体论史之见地，也以讽之。

上下秩序颠倒
疏于圆滑少于奉承
不堪大任
身芝麻官虑社稷危
不知地厚天高
动不动冲动直谏掼乌纱
时不时狂言犯上轻身家
不懂为官为臣之道

不顺时
不合流
不知水至清则无鱼
不会享乐
不押灵魂
不惠家亲
不近人情
不顺朝廷
不明悌孝

惶惶大明江山如固

衰败运落只在万历一朝
罪不在荒政的嘉靖
民不怨贪腐的严大佬[①]
怪只怪那种鲠直不驯的官场异类
为钓虚名将滋润滑溜的安稳根基动摇
举世浑浊独君清
滴水怎改变通江浊潮

顺流才有快行船
腐蚀土方育甜蜜桃
历朝当官为吃穿
瘦马因无隔夜草
方轮难转圆轮走
世上哪有常直道
天界神仙都喜香火报叩拜
木讷腐儒怎参不透其中奥妙
劝当朝百姓
　　　　　　不要推崇这种糊涂官
劝后世学子

① 指严嵩，为史上著名贪腐，官居明首辅断续近三十年。

不要迷信古怪去仿效

这一个海瑞
　　　　不识时务
　　　　苦已误国
说什么大人青天
　　　　叹庶民愚昧
　　　　　　　　肤浅
　　　　　　　　　　可笑

《红楼梦》葫芦僧能判葫芦案
咱古怪论者也有古怪说道

剑麻生于非洲

剑麻生于非洲
吸收酷热的风
苦恋黄砂的土
片片尘叶似剑
献世人坚韧的筋骨
秋冬展现的似是葱绿
根不深养育全依仗阳光雨露

哪怕炎炎火烤　大旱百日
亭亭立　剑出鞘　不倒伏
浪漫时也吐蕊白花团团
不识者惊叹偶遇千年铁树
真诚心陪伴黑黑的主人

代代相传守住这荒漠大陆
化为绳揉为索敢攀岩沉海
始终显示强者的不屈
　　　　将颤抖的灵魂拉紧拎住

只因你吸收的是酷热风
　　只因孕育你的是非洲土

印第安巫品

编织圆圆青藤
插几片野鸡花翎
挂一串黄铜铃铛
朱砂彩绘符咒蚯蚓文
“挂床头　　噩梦自然回避”
兜售的印第安姑娘话实情真

我不得不相信
　　　　我似乎又不相信
我相信黑皮肤的女孩纯洁的眼睛
我不相信抛家别母的流浪者
　　　　怎会有普佑众生的神品？

也许祖先经历过多的生活噩梦
代代相传造就了印第安的基因
失去土地　　离开家园
　　　　护守者张扬的是文明
失去脑袋　　束手被擒
　　　　侵略者依仗的是枪声

流浪在陌生的都市
蜷缩进潮湿的密林
怎能拒绝噩梦降临
只能编一个神话去欺己骗人

美利坚博物馆巨石筑就的黑门
买下普通而又神奇的印第安巫品
多想回赠可爱的印第安姑娘
保佑她夜夜有美梦
　　　　　　　　美梦成真！

忆景荷塘

传说江淮间的家乡是片荷叶
古老小镇后面有弯弯荷塘
春涨水夏枯干夏日张几分绚丽
水清许菱花白浮萍顺波飘荡
柳枝花串鹅黄
　　　　　　团团雪絮泼洒
莲花张瓣褪妆
　　　　　　袅袅仙子吐香
夕阳辉映鸟雀穿行
　　　　　　　　享用蚊虫晚宴
落霞闪光蜻蜓结队
　　　　　　　　亮赛彩色翅膀

绿丛茭白沙沙声响横卧摇尾游鱼
荷动叶晃大肚的青蛙鼓噪闹场
瓜硕葱绿菜畦忙碌浇园童妪
皂角沫团洒欢一群媳妇姑娘
摘菱踩藕游几条赤裸裸汉子
斜埂蹲坐观云飞云落读书儿郎

浪静波平紧挨十里盛开稻花
竹林掩映处鸡鸣茅舍
　　　　　　　深藏清流垂钓隐居严光
忽一条鲤鱼蹦跳出水抛岸
笑语惊呼满古镇
　　　　　　荡漾一团喜庆气象

边塞古堡

峭壁

弯道

陡岩

古堡

千年的矮脚松

经冬的骆驼草

戈壁漫漫

不闻铁掌马蹄

高空苍凉

不见寻巢飞鸟

旗幡褪色风中猎猎

古战场硝烟早散

岁月洗净晾干

血斑斑浸漫战袍

从这里观赏天近云低
远去了狼烟
鼓号
从这里浏览黄沙尘土
遁逝了厮杀
喧嚣
天尽头
黄羊游
涓涓细流云飘
闪露几丛红彤彤的夹竹桃

驿站长哪里去了？[1]
还有他的女儿
高加索纯洁的羊羔
不是说荒原吃羊的狼已绝迹了吗？
莫非多情的世人编织了谎言圈套？

① 借用俄罗斯诗人普希金小说《驿站长》的故事。

日落

风寒

大漠月照

沉默失语的秦汉古堡

忽明忽暗的石岩

弯道

飞来了

凄凄声中夜鸟

听到了

苍黄暗空狼嗥

边塞已没有士兵

火炮

古堡仅只有弓箭

长茅

峨嵋山猴

峨嵋山的猴子
　　　　　　欺人
抢人大红大绿包裹
夺人香香甜甜食品
袭击无抵抗力的童稚
撕扯姑娘媳妇花裙
人们原谅这种劫掠
因人之社会难得肆无忌惮的野性

峨眉山的猴子
　　　　　　通灵
看惯山峦雪融
　　　　　　草萌

树绿

看透佛像辉煌

剥落

镀金

看多远来客金顶轻身纵跳

全视作平常事

无所思无所言淡定

秋至夏归嬉闹于流水山溪

冬去春来蹦跳穿梭于丛林

峨嵋山的猴子

成群

不允有单干独立三两散帮

不允有反对挑战对首领不敬

谁孔武有力谁坐头把交椅

不服气吗　　斯杀

哪管你是我的兄弟

父亲

胜利者全盘接管娇妻美妾

也接下猴群兴衰的号令

责任

人供奉普贤为智慧之佛

普贤在峨嵋山道场千年修行

智慧之光也一定惠及峨嵋生灵

峨嵋山的猴子理当聪颖

聪颖的峨嵋山猴才有野性

聪颖

　　野性

　　　　成群

构成峨嵋一道独特风景

此风景增光山色天下闻名

权杖

这是一柄古老的权杖
岁月磨砺的黄铜通体铮亮
造型是一条拉长了的纺锤
镶嵌的绿宝石在太阳下闪光
仿佛还存留沙漠酋长的手温
仿佛回映争夺厮杀的音响

握它的手早变成累累白骨
它辗转　　易手
不知经历多少的岁月沧桑
也许辉煌的过去使它难安分终老
悄悄地蹓进热闹的阿拉伯市场

好奇者轻轻的将它抚摸
不是为了权利
仅是为了好奇
收藏者不吝钱财将它购买
不是因为珍贵
仅是为了收藏

知道来历的后人怎么也不明白
这人造的铜铸的普通形的一件物
当初哪来差遣调拨的法力
为何有至高无上的圣光
莫非沙漠里没有说真话的孩子
莫非部落顺民都膜拜看不见的新装

如今我将它送给博物馆
展示在宽敞的殿堂供人瞻仰
它静静地躺在那里已没了神力
仿佛古人祭祀的牺牲猪羊

沙漠畅想

莫说沙漠单调
沙漠中有陪伴的风云
这里天更广地更阔
热浪托起的白云尤为纯净
风卷起无土无尘的沙粒
造出山丘耸立　　河谷层叠
流动的变幻慰籍孤影远行

莫说沙漠寂寥
这里也有日出日落　　明月晨星
天籁足音声响空谷
呼啸黄沙兽嗥鸟鸣
骆驼草细语吟吟招迎来客

胡杨柳撑起点点遮阳绿荫
藏羚羊翘首昂天悠然踱步
沙下活跃洞往洞行的生命
远旅的驼队拉响清亮的铃曲
篝火给大漠的暗夜送来光明
戈壁滩下流淌寒彻的泉水
蓦见的绿洲同样有草场森林

遥远的天际是你奋进的歌
心中有目标才有追求的坚韧
回首万里黄沙是你征服的路
耐不住单调寂寥不会有跋涉者的深情

迪拜奇迹

大海有水
沙漠有火
创造奇迹的是水与火

海水是蔚蓝色的
沙漠是褐黄色的
蔚蓝与褐黄的混合调不成绿色
只出现　　灰黄色的建筑
　　　　　　灰黄色的沙地
　　　　　　　灰黄色的天空
只有人群　　是斑斓驳离的彩色
彩色的人群　点染沙漠
　　　　　　　　涂缀海洋延伸的棕榈

惜没有放飞的白鸽

松软的沙漠
堆起一座座摩天高楼
似积木

干澜的沙地
流进一条条河流
是运河

游牧的民俗
收藏了驼队的商旅
千万年的沙漠之舟
转身成为奶驼

黑暗的渔村
点亮了立体明灯
夜巴黎的香水
替代了空气中湿咸的苦腥

咸咸的海水流进土地带进贫瘠
耐旱的椰枣恰恰不惧盐碱
吸收了盐分变为上等蜜味
黑黑的石油流出土地带来富饶
五颜的花币　　五色的人种
用水与火在沙漠玩一把五彩魔戏

这里　依然是古老酋长的领地
这里　　依然是有沙无水　　地广人稀
这里　　凡到过的人都会留下叹息
这里　　蕴藏今天和未来的不解之谜

只因脑筋急转了一个小小的弯
沙滩也能垒起顶天高塔
胆大成就了不可能的奇迹

夜航：北京——新德里

天际有星星在闪烁
　　　　　　追那颗星总是那么遥远
脚底有云层在游动
　　　　　　穿过一片云又飘来一片云

耸然升上高高的空
　　　　　　似驾龙挟风失重身轻
闲适跨云悠悠地行
　　　　　　似骑象晃游醉意熏熏

远远的路　　拉近　　拉近
长长的夜　　一瞬　　一瞬

忽传来《拉兹之歌》的低音旋律

久违了　　惜年轻的空姐已不解其味

　　　　　　那峥嵘岁月的沧桑酸辛

平稳的座骑在云中伸了伸腰

抖下发黄的书页　　陈旧洁净

　　　　　　——《吉檀迦利》泰戈尔的！[①]

无言的乘客少了些矜持和隔膜

　　　　　　素不相识曾相识　　红发黑发人

永恒的时间云间缓缓流淌

无限的空间夜中行行停停

天　　还是望不到尽头

　　　湛蓝　　深暗　　处子般单纯

地　　隔开了万家灯火

　　　沉默　　遥远　　闪露丝丝幽明

星星点点的亮光空旷中蠕动

① 泰戈尔，印度作家，著述颇丰，以其代表作《吉檀迦利》获诺贝尔文学奖。

渺小颗粒虚空中徐徐移行

穿越喜马拉雅山了吗

仿佛见冰美人舞动多情的长裙

漫不经心的来客一晃而过

　　　　　　　抛下惆怅的失望

　　　　　　　　　　　　失望中的无情

印度大餐中的咖喱味弥漫舱内

已行万里之遥了吧　　窗外

还未见　　还未见新德里的塔灯

眼前不由浮现跋涉远行的大唐高僧

印度印象

黄土　　灰尘　　乞儿　　飞蝇

热风　　热地　　热叶　　热城

连红红的太阳也热得发黄

昨日黄花更是热得蜷了花魂

滚烫发热的天那边飞来几只墨鸟

　　　　　　　　　　懒洋洋的

　　　　　　　　　　　　　　全然没精没神

那肯定不是灵山的秃鹫[1]

　　　　　　也许是热空避热的沧桑之鹰

问路人哪里可以看到圣水恒河

---

① 佛经载：释迦摩尼成佛之地有秃鹫山，山上秃鹫成阵，称之灵山，唐玄奘取经过此。

人告我热热的恒河还有遥远的路程
恒河水奔腾千年　　千年奔腾
可惜太热　　总留不住古文明的永恒
圣雄墓不熄的圣灯又添股股热浪①
赤足瞻仰的是火热赤诚的贫民
驰名的贫民窟飞出片片塑料残骸
向赐热的上苍放飞祈祷求福的风筝
古罗马式的洗衣坊蒸汽弥漫
失望了　　共鸣山泉浣溪越女的诗情

我多想去寻那颗证悟的菩提②
　　　　追先灵将热切的不解叩问
我多想去采摘神秘的智慧七叶③
　　　　去品读悲天悯人的热情檄文

横亘绵延的驿道积厚了尘土裸岩
雪岭高山挡住了古商队的远影

---

① 圣雄：指甘地。

② 因释迦牟尼顿悟在菩提树下，故菩提成为寺庙圣树，佛教徒景仰之树。

③ 传说印度作家泰戈尔就读的泰戈尔大学，有七叶树。其叶可寓人聪慧，求智，游客偏爱之。

白昼交替天地大的书又翻开一页
世人莫识这是哪家哪门的圣经
劝梦想去西天超度寻圣的志士
极乐地的西土不过咫尺之近

这里遍地是热热的黄土
这里弥漫热浪送来的厚厚灰尘

凭吊泰姬陵[①]

羽毛般洁白的是建筑
孔雀般翠绿的是阿育王树
通天遥遥对话的是高塔
环绕密密拱卫的是河流

天生自然的变化不息
人工琢造的百年凝固

年轻的情侣爱语喃喃
　　　　把深藏石壁的红宝石闪光寻求

① 泰姬陵是世界著名的建筑之一，为古印度沙贾汗王圆爱妻夙愿所造，白色大理石建筑，主殿石壁镶红宝石，原计划隔河再修一座黑色大理石陵墓，中间银桥穿过，后因国王被废，囚禁在王宫石屋，续建未成。游览此地，感慨系之。

白头的夫妇俏语相讥

　　　　　将痴情国王的无私真诚羡慕

谁知晓　　隔河相望那间灰灰的石屋

谁关注　　落魄国王囚徒的不眠春秋

凭借权力的王杖

　　　　　　　圆了爱妻的夙愿

失去权力的落寞

　　　　　　　难修成自身的陵墓

乌殿银桥永远是个蓝图

幻影一场　　生生死死鹊桥暗渡

凝固的是爱情

堆积的是财富

慰籍的是死神

魂牵的是遗恨

　　　　　　天长地久

端午泛舟汨罗

端午泛舟汨罗
龙舟划破满江春波
柔柔的风送来艾香阵阵
远远的岸传遍新调渔歌
吞粽的鱼儿水面腾跳快游
密密的水草缠裹青青竹叶　　白白香糯

不知屈大夫千年沉睡可曾苏醒
楚地秦土早化干戈成一统山河
愤世的天问有答只剩锦绣文章
江畔渔父垂钓清流勿需辨别混浊
赤诚的婵娟姑娘绕江环植金桔
年年祭江献上的是最甜硕果

楚地邑户酿造储存缸缸美酒
留待醒来的三闾大夫纵情品喝

端午泛舟汨罗
龙舟送来一江笑语欢歌
红彤彤缠头染红碧水喜庆
葱绿绿青山回响冲天鼓锣
唤醉酒的屈大夫快快醒来
启蒙的童稚待等美人香草解说

你这远古高阳的后裔
你这多识善文的博学
你这卜者难卜的孤臣
你这浊世不容的狂客

竞赛的龙舟已决胜出冠亚
九州的呼唤招魂声震汨罗
还不醒来吗？
再不醒　　人们就会永远地忘却！

黑土地

黑土地
藏金卧银蓄水吐油
黑土地
挣扎呻吟赦放囚徒
闯荡游走闯关东百姓扶老携幼
崇山密林活跃打家劫舍响马
飘泊无定背井离乡逃犯盲流

只因中原文明还未播撒黑色土地
只因千里冰封的雪原沉睡太久
只因高高的兴安岭有伐不尽的薪材
只因冲积的平原有吃不完的高粱大豆
历史的天空回响铁木真纵横草原马蹄声碎

风霜岁月荡涤五国城钦徽二帝的耻辱

白山黑水“九一八”风声雨声在耳

黑瞎子岛铸铁为犁矗立座座高楼

看如今两广熟天下未足

北粮南运的列车轰隆隆川流不息在铁路

哈尔滨的厚冰不仅仅展现北国风光

南国盛景晶莹剔透中犹显花团锦簇

神秘的镜泊湖消逝王朝的神秘遗址

早成为南来劳燕避暑休闲的乐土

开江的松江鱼鲜嫩

盛夏的醉人都柿正熟

北大荒早已是共和国的北大粮仓

大庆油点亮大江南北的明珠

肥沃的黑土地已经苏醒

苏醒的黑土地向世人展示富足

兴安岭的密林

高高的兴安岭林密绿深
藏有丰富的宝藏
藏有鲜活的生命
藏有变幻的四季
藏有孕育、成长、衰亡的轮回美景

白桦的年轮记录日月星辰的升降起落
蹲点的母熊大梦醒来又迎一春
林蛙蹦跳在草丛孵化金色的种子
低空飞翔的是随风发芽生根的蒲公英
群鸟在这里练硬远游的翅膀
毒蛇猛兽蜕皮脱毛借密林隐身变形

雾的升腾上天掉下人间瑶池
雪的飞舞赐予万物酣睡寂静
日光折射绿叶传输生命的魂魄
大雨倾盆东倒西歪众多醉酒精灵

久没有密林深处伐木声响
久没有枪响鸟落索命猎人
沃沃黑土捧出谷穗豆荚
驯鹿嘶鸣悠荡聆听对语鸟音
沼泽水洼奉献含金的沙土
千万个神瑛侍者用一生呵护三春[①]

为了未来
　　　　为了子孙
长存密林
　　　　长存生命

① 神瑛侍者，为《红楼梦》中贾宝玉之天界原形，小说谓在上天泽润灵芝，入尘界呵护众女，“三春”也为小说人名，这里取其意、其名趣用之。

义乌的甘蔗

我只知你是小商品的市场
我不知你还是甘蔗的故乡
诗人曾赞过南方的甘蔗林
将它媲美北方的青纱帐
但那里离大海更近
海风卷起的甘蔗林郁郁苍苍
这里环绕的山峦飘起白云
难见一望无际周遭是屏障

海风吹不到这里
蜜蜂飞不过这里
农夫耕作山地终老乡土
沿羊肠小道走出大山的是远游的货郎

拨浪鼓响处传导义乌的山音
千里眼顺风耳招客来于远方

远方有花
远方有蜜
远方有甘蔗拔节酿甜的清香
带回它们的是走街串巷的山民
秋风起义乌飘满甜味的芬芳
这甜味来自南方的甘蔗林
这甜味来自北方的青纱帐

这里已成为甘蔗的故乡
这里盛产驰名中外的最甜红糖

春城春谣

昆明　　　　　春城
春在花丛
春在绿荫
春在穿花裙的少女
春在靛蓝孔雀五彩展屏

春在柔风
春在细雨
春在滇池碧波白鸽抖翅
春在蓝天懒洋洋缓飘白云
春在脚手架托起凌空高楼
春在霓虹灯光耀四季常青藤
春在状元桥头热腾腾“过桥米线”

春在花间月下傣舞瑶歌侗韵

这里不仅有四季舒暖
这里不仅有温雨湿润
这里也曾有艳红罂粟勾魂摄魄
这里也曾有硝烟弥漫流浪飘零
这里生活有二十八个民族
每个民族都信仰不同的图腾
逢盛世何止能歌善舞
相尽欢更勤于南国“种”春

种玉高原奉世人圣洁
种茶山岭“普洱”天下闻名
种禾原野万里香飘稻花
种竹溪涧青雅有节虚心
种“和”边塞天下兄弟姐妹
种“谐”大理风花雪月多情

春城　　　　　　昆明
春光明媚　　　　寒冬也春

春在盈盈笑脸

春在暖暖人心

看南国种春收获四季春城

盼世间种春赢得神州文明

石林

这里曾是大海
水隐去了留下一片石林
游鱼海藻已化为万年化石
只不见神秘孤寂的海神
滴滴钟乳凝固成晶莹白玉
片片礁石显现出千姿百形
潜游的生物嬉闹玩耍的乐园
如今成了游人追逐的通幽曲径
传说阿诗玛密会偷情的婚床
也许曾是龙王调兵遣将的龙庭
潭深几许还可见蓝蓝海水
岁月过滤了咸咸
　　　　　　　喝一口甜甜甘醇

林涧处偶有几颗相思龙眼
大胆攀爬的是石缝敢扎根的青藤
避荫依水的苔藓早被阳光赶走了
垒不成窝称为林却听不见鸟鸣
也许没有花开草绿担忧林色单调
撒尼姑娘穿梭点缀五颜六色彩帽彩裙

都说人类的祖先是大海的鱼
走向陆地的后代才会这么钟情石林
他们在寻找当年进化上岸的故地
他们在感受沧海桑田变迁的酸辛
也许欢乐的游客什么也没想
抓住光阴享受赏心悦目的今晨
蝴蝶的生命只有短短十几白昼
全部的力都在煽动艳丽的翅膀
哪有功夫进化多思的神经

明天的关注留给明天的人吧
成为化石后我已没有了生命
看透人类心思的石林笑了

笑了的林中石笋裂开了通天的缝

栖天艳阳洒金的裂纹

黄土高原　那一片枣园

如果说黄土地象征的不是肥沃
　　　　　　　　　　　　　　而是贫瘠
如果说黄土坡展现的不是湿润
　　　　　　　　　　　　　　而是干旱
我难忘黄土高原那一片枣园
黄土连天都染黄了
它送给世人难见的红绿相间

树不是很高但很密
叶不是很阔但很繁
果不是很大但很旺
黄土地挂起灯笼
红艳艳点燃一片

水分留给了小草

空间节省给风传

抖一抖枝条满布荆棘

吸吮薄露将天赐的精神凝炼

躯材练就那么坚硬

果实酿造蜜一般甘甜

根茎在哪里都可伸展开来

岂管是黄土黑土　石岩沟坎

唱信天游的老汉行数日勿需干粮

飞倦的鸟儿视为神药仙丹

沉默在孤寂的旷野

独生在灰尘弥漫的荒原

哪怕山崩地陷沉埋蜇底

哪怕天象异变十年大旱

根伸向哪里

哪里就会一片葱绿

生命张扬在哪里

哪里都会出现硕果累累的林园

毛毛虫的自白

别笑我低矮
登上枝头我也可向蓝天展臂

别笑我柔弱
经风历雨谁似我不怕换季

别笑我步慢
一心奔向目标从不耽误上天入地

别笑我贪睡
腾飞的希望孕育在长长的梦里

别笑我爱美

可艳可素适应贫贱高贵

别笑我傻气

十年一眠换来一月的飞

　　　　　　　　是我不在乎功利

参天大树我只栖一片叶

宽宽大道我只行一线地

广阔沃土我只凿一个洞

姹紫嫣红我只占一点绿

我不建造石砌木垒的屋

我不渴饮人争兽斗的水

我哑语　　不增添饶舌的喧闹

我无求　　不追逐厮杀的游戏

我淡定　　不屑于做人类的宠物

我真实　　不编织虚伪挡羞的衣

我吐丝　　造茧　　成蛹　　化蝶

　　　　　自我完成生命的轮回涅磐

　　　　　逃脱了生与死的悲喜索取

你会说我平凡吗

多希望不平凡的世界多一些平凡的我你

西行漫记

伦敦眼

伦敦眼高高
高过了城市的额头
伸向虚空　　旋转起多瞳的眼球
看大千世界花花绿绿
看古老的泰晤河水裹挟带污的浊流
扬起姑娘的花裙
高处没有寒意　　惊恐伴随裸露
这人造的　　钢铁筑就的物
能送给人玩得心跳
你的眉呢
摸不着　　看不到

牛津

牛津　早没了牛贩交易的牛市
小溪曲折流过学子幽静的读书楼
浓荫抛撒片片黄的叶　　红的叶
　　　　　　随波动上下翻滚漂游
是向往大海的梦幻吗
我更疑为是扔向激流的漂流瓶
抛撒一个侥幸　　滋生一种希望
真读书的　　假读书的　　不读书的
都如此　　谁都想撞一番大运
谁都想让自己的货卖个大价
谁都想赌赢一头价廉质优的牛

自由女神

自由女神长长的臂伸向云霓
昭示自由高过摩天楼的云梯
卖票的小屋显得多么卑琐
真不该　　不该在你身旁留下这片古迹
向往自由的偷渡客也许灵魂找到了自由

人们还是感受到忧郁

叹息

眼泪

在这里观赏崇高的悲剧呢

还是反思自由的珍贵

双子塔

面对废墟　　面对废墟

似乎听双子塔仍在哭泣

据说扭曲的钢铁梁架早运走了

这里仅存留奠祭的花　　冷冰冰的水泥

我生怕越洋的优质钢附有冤魂

尽管熔化掺和有遗留的金牙　　金戒指

定还有男男女女的斑斑血迹

可千万别回炉摇身一变为便宜的铁锅啊

我怕会让人食不甘味

我更怕冤魂在铁扇公主肚里嬉戏

凯旋门

凯旋门结冰了

游客上不去

居高临下的俯瞰成为遗憾

香榭里大街的繁华

红磨坊转动的红轮

巴黎圣母院的塔顶

只能仰视高耸　　将拿破仑的功绩回温

雪花仍在飘洒　　天气继续寒冷

这不解人意的天啊

佛罗伦萨的中国餐

佛罗伦萨的中国餐

蛋炒饭

大米白白　　是转基因的

鸡蛋浅黄　　洋鸡生下的

油放得很多

　　　　盐味寡淡

掺和浓浓的番茄酱汁

咸咸甜甜

端盘子的是纯粹的中国姑娘

剪去了辫子

半白半紫的化妆品掩遮了原本红润的脸

廉价的法兰西香水替代了大山的幽兰

笑一笑　“你好”变成了“哈罗”

怎么一切都变了味

真心疼打的来寻的二百五美元

威尼斯小楼

一条古老的河

一座陈旧的小楼

一位忧郁的老太

一架古董似的钢琴

每晚伴我在威尼斯河畔安魂

那老太面包烤得很香

客房打扫很洁净

钢琴弹得很动听

只是不言声

我猜想　　她祖上也许是位威尼斯商人
靠精明挣了钱
定居在这条河
盖了这座楼
买了这架琴
繁衍下这位孤孤老太

她是担忧威尼斯河水上涨吗
威尼斯城下沉吗
她是哀伤陈旧的小楼不复存在吗
古老的钢琴没地方放吗
她是叹息孑孑一身的孤独吗
上天堂如何面对祖宗吗

为何琴声有深深忧虑
为何琴声有郁郁伤悲
是为客人安眠呢
还是为自己安魂呢

辛亥语丝

（一）

那一年

彗星拖着长长的尾巴

上帝要大扫除了

搬出了搁置已久的亮闪闪扫帚

民间说　　又会多一群寡妇

心最疼的是裕隆太后

她也是个寡妇

（二）

历史喜谈马下天下

从床底拖出的统帅得了天下

射完子弹的枪
也许成了废铁
流完血的躯干
还会走路吗
黎元洪练过少时听房的童子功
这是无敌的　　特别对一群莽夫
往后的事将会证明
他是个“活菩萨”
菩萨是无敌的!

(三)

足疾　　　　足疾
因足疾而退位
因足疾而保命
这个赏细雨垂钓的项城
这个叹心底小王侯的蓑衣笠翁

足疾　　　　足疾
因足疾而命讨伐军慢行
因足疾而阻南迁滞留

这个玩南北于股掌的袁世凯
这个随心之所欲的洪宪帝

足疾　　　　足疾
因足疾八十三天皇帝梦断
因足疾落千秋万古骂名
他只能是袁世凯
他做不了华盛顿

罪魁全在足疾
我方明白
现在为何那么多洗脚房了

（四）

留辫子难
剪辫子也难
都是一场革命！
留辫子时嫌头发长得慢
剪辫子时嫌头发长得快
发之肤肌偏不如人意

聪明的中国人是有办法的
买一条乌黑油光的假辫子
需要时戴上
不需要时摘下
有发无发　　　　不怕
发长发短　　　　不怕
光复　　　　　　不怕
帝制　　　　　　不怕

不信吗
从那年代过来的
　　　　　　　清楚
读鲁迅的小说
　　　　　　明白

（五）

龙是汉民族的图腾
却成为皇家的专利
满清是革命要驱逐的鞑虏

却盗用汉家的黄龙画旗

易帜　　　　　易帜
变易了皇朝的专利
也不敢恢复自家的图腾
只好送一片白色
让后人添颜构画

从最初旗帜选择看
革命党是聪明的
他们的使命只是降下黄龙旗
最后升起什么样的旗帜
那是后人的事了

管不了后来人的事
留下一片空白的旗

（六）

共和　　　　　共和
这是一个古老的词汇

古老得比皇帝的年龄要大得多
人们要请出代替皇帝的并不是那个老者
而是老者托生的婴儿

一家之天下是皇帝
多家之天下是老者共和
全民之天下是婴儿共和
不幸的是这个婴儿带有返祖的胎记
于是才会有后来的北洋政府
才会有祸国殃民的四大家族

共和取代帝制难
让婴儿的共和消除胎记也难
这是辛亥的革命者做梦也没想到的

蝴蝶哪里飞来

福建长乐灵应观于光绪年间被海啸掩埋，九十年代重见天日，突现群群陌生蝴蝶，世人称之神奇，予以神之召唤，余不以为然。

蝴蝶哪里飞来
这里没有你的种群
这里没有你的人脉
屹立千年的海礁从未见过这种模样
大洋彼岸的蝶类视你为异种骨血
扇动的翅膀没有五彩艳丽
在沙滩
　　　　在天空
　　　　　　　　在庙宇

在农舍

展示的是与土地一样的颜色
不经意中人们会把你当成蝗虫
但不见你去吞噬金色的原野

蝴蝶为何飞来
还未到春天花红柳绿
恋花的蜜蜂仍在营巢缩瑟
你姗姗地来了
　　不是一只
　　　　一群
　　　　　　一团
而是如云朵
　　　如海潮
　　　　　如急奔佛像开光而至的香客
毫不顾忌在香烛光烟穿梭
神圣的佛面也大胆地驻足停歇
尽管明知生命仅有十天半月一月
化为标本也与神像共存不舍不舍

我猜想——

沉睡百年的庙宇重见天光

沉睡百年的神像也睁眼看世界急切

它们睡下时神州遍布血雨腥风

无所不能的神也奈何不了洋舰洋炮的肆虐

只好惭愧地抓一把沙土掩住脸面

像鸵鸟一样地躲来躲去

免让世人看到不忍蹂躏的羞怯

如今　　　天亮了

　　暖暖的艳阳替代了冬之寒月

神　　　　也醒了

　　扬眉吐气俯瞰雄狮的起跃

你　　　　也飞来了

　　振羽高飞欢呼东方渐白

我猜想——

　　你们不是蝗虫

　　不是蝴蝶

　　不是祝贺佛家盛典的远奔香客

你们是郑和当年带走的数万雄奇健儿
漂洋过海黄种族的颜色未变
与海鸥为伍也学会在白云间穿越
你们像庙宇一样
　　　　　　　在地底沉睡百年
你们像神像一样
　　　　　　　在地底羞愧百年

休眠百年终要重见天光
埋蛹百年终要化茧成蝶
没有神之出土
　　　　　　时间到了
也要迎涛声而聚
　　　飞翔在蓝天唤大海潮动
　　　　　送去神州百年羞辱岁月

下编

送你时间

送你时间

认识你
我就有这个夙愿
不送你奇石珍玩
不送你金山银山
送你时间
那是造物主天赋所赐的厚礼
那是世间物分享拥有的果盘

它珍贵　　逝去决不复再来
它平凡　　伴随万物朝夕共眠
它宽容　　与天地生灵贵贱长舞
它苛严　　谁忽略它会扭头一去不返

你可以轻巧地得到它

你却不可以臆想创造它
你可以白白地浪费它
你却不可以贪婪地掠夺它

有了它　　才有日月星辰忽隐忽现
有了它　　才有沧海桑田互移巨变
有了它　　才有生生息息繁衍永续
有了它　　才有春华秋实花好月圆

新生拥抱它
腐朽诅咒它
强者依仗它
懦夫埋怨它

它无限又有限
它无情又有情
它乘乘除除又加加减减
它稍纵即逝又缠缠绵绵
它说不清道不明糊糊涂涂
它理智至极吝啬地分秒精算

拥有了　　你可能不知富有
失去了　　你定会感觉遗憾

当你沿着名利的峭壁攀爬时
　　　　　　　　你可知丢掉的是什么吗
当你为新的诞生庆贺时
　　　　　　　你可知欢庆的是什么吗
当你望斗转星移感叹时
　　　　　　你可知觉悟的是什么吗
当你观好莱坞大片为时空穿越惊呼时
　　　　　　　　　　　你可知期盼的是什么吗
那就是时间！

这是最轻飘的礼物
　　　轻至一羽鸿毛
这又是最贵重的礼物
　　　　　重超五岳三山
这是值无定价的礼物
　　　　马克思的《资本论》也未界定诠释
这又是难以估价的礼物

世界上所有的财富也换不了回眸笑颜

这是最方便送的礼物

只需用心轻道一声祝福

这又是最不易接受的礼物

理解它需要生命摔碎八瓣

将世界上最珍贵的真诚送给你

将你最需要的祝愿送给你

我要送你时间

我要送你时间

朋友！

冰河雪马入梦

千里冰河入梦
远征雪马入梦
半闭半睁的眼看不清
山河一统丰饶乾坤朦胧　　朦胧
聒噪的乌鸦睡着了吗
银巢露出一羽黑色的绒
寂静的白桦林不甘心没有成长
厚厚包装层层凝固的冬

指路的北斗孤零零寒空独立
斜斜地躺在无伴的苍穹
报晨的启明星迟迟未到
也许正在那一个天际孕生

远天远地
那是曼舞的雪花启程的地方
引类呼朋
轻轻　　微微　　寒寒的风

莽莽旷野吱吱行来一匹老马
蹄的声响隐进雪的温柔
身的影子映在破碎菱花的冰中
游鱼可以听到结晶的河嘶嘶断裂
十八拍的胡笳曲震颤暖水潺潺流动
苍茫茫大地不见前人踩出的路
八面四方敞开空荡荡途通

冰河老马
识途的记忆神经已堵塞苍白
天地笼统
哪需要西楚霸王的辨识重瞳
睁眼的动物
懒懒酣睡在绒被玉枕
闭眼的动物

惶惶漫游在银树琼枝灵空

冰河雪马入梦
雪马冰河有梦

东方的圣诞节

东方的圣诞节
天没有落雪
白胡子的圣诞老人脱去红帽子
游走施恩在十里长安灯街

多棱的玻璃透出狂欢夜宴
寂寥的空中弥漫流行歌曲的音节
忸怩高唱的是穿红衣少女
难寻觅唱诗班圣童长裙洁白

遥远罗马教堂的钟已敲十二响
圣诞老人的礼物还没有发完
不见流浪的人

只见流浪的狗

狗是不吃糖果的

悲天悯狗学一学东方佛以身饲虎

复活的耶稣再将自己盯上十字架

害怕心滴出血给爱腥的动物

宁愿自身变成一具干尸

留给人间世界丹红丹红的颜色

只可惜

只可惜今年的这一天

天空又没有飘洒白白的雪

给收藏者语

你收藏财富吗

　　财富是山谷库区的流水

你收藏记忆吗

　　记忆是随风即逝的落雨

你收藏历史吗

　　历史是顽童兴之所至的涂鸦

你收藏时光吗

　　时光是砖砌土垒的断壁

当盖乾隆玉印的青花瓷已成碎片

当青铜器已被岁月泼洒斑斑锈迹

当木刻古版已被虫蚀霉变

当明清花梨木的家俱已经脱漆

物所指代的主人、王朝、岁月已经遁亡

你还在那里精心考证
细细把玩
有滋有趣

你不觉得荒唐吗
荒唐交换荒唐
竟叠加不断增多的纸币
原来欲望也可纹身文士风雅的花纹
伪装的花纹给你带来富有
享乐
富贵
自欺

可我怎么也想不明白
名人的裤衩与普通人穿过的有什么两样
是不是众生都喜爱夸赞皇帝光身子的新衣
当拍卖槌落下交易牌显示天文数字
场上为什么就没有一个说真话的孩子
斗胆去戳穿叠加又叠加的谎言
那人类玩了千百年的把戏？

也许吸引人的并不是什么文明　文化
而是相捧追逐印有大人物头像的纸币
花花绿绿

尽管在场的人都风雅无边
尽管大家都掩鼻不屑于铜臭味
也不过是在铜臭味浓的空气中
喷洒几滴廉价的法兰西香水

黄河思

雪藏在世界屋脊的高原
天尽头云深处那里有神仙
神仙慨慷不停地斟酒　　斟酒
千里壶口壶满满觞溢溢琼浆泼流

那本是送中原洁白的哈达
山水流黄土走浆洗成苍苍混浊
只因密密的森林消逝在人类的欲望
丰饶的山梁剔去层层肉
　　　　　　　　晾晒片片骨

低洼的土地垒起高高悬河
畅通的水道塞进密密滩洲

大河不能奔流　　游鱼难得自由
大爱的母乳成为黄河儿女的伤忧
冲积三角洲入海凸显
人说这是天赐的沃土
岂不知这是高原大山的血肉之躯
岂不知高原神仙送出的是清酒
当血流尽了
当躯干没有肉仅有骨头
还会有神仙吗？
不尊崇神仙哪会有吉祥如意
神赐的洁白哈达岂能随意玷污

我站在黄河边
我面对浑浊的黄河水沉思许久许久

江南的梅子熟了

江南的梅子熟了
相思的春雨还未编织梦幻的雨帘
多情的百合杜鹃忍受着饥渴
待征的蝌蚪翘首干旱的山涧
育稻的种房散发丝丝霉味
辛劳的农夫黎明即起观天
大街小巷弥漫荷担小贩的吆喝
安逸的城市充塞梅子的酸酸　　甜甜

浪漫的诗人在构思五月的诗句
品尝青梅煮酒的英雄潇洒在茶楼戏院
天空洁净蔚蓝　　不见一片云朵
连柔风也躲进哪个角落休闲

高高的脚手架愁思吸烟的小伙子
透过红红的太阳似见龟裂的农田
清凉的酸梅汤难耐心火烦躁
盘算入冬后怎样回家过年

江南的梅子熟了
成熟丰收的梅子不解世人的难言
明明我凝聚了充实的糖分
为何人们尝到的还是青涩的味酸

观日出

沐一缕春风攀高观日出
金银花散开在望日的山头
天际微曦由青白转为羞涩
湿湿的浓雾塞满落差的山谷

晨鸣的鸟儿还在林间酣睡
幽兰落英泛弥香
　　　　　　　　尚未化为泥土
根在伸展
　　　　果在孕育
　　　　　　　　　　无一丝声息
绊衣缠绵的是多情的牵牛

莫嫌天淡云轻空间呈一片寂静
沉沉大地怀抱的万物正待复苏
徐徐变色的朝霞一旦丹血迸放
圆圆淡淡的暖日就会分娩出炉

望杏澎湖湾

绿绿的叶如过十五的月

残圆

粉红的花似千万个待嫁的淡妆处子

斑斓

橙黄的果亮入世的胎儿赤裸

色现

孕育在冬

绽放在春

成熟在夏

当秋之丰硕弥漫在原野

你展开的是郁葱葱浓密罗伞

蓦然见你
　　不是三月的江南
海风吹过柔柔恋恋缠绵
辉映
　　月照
　　　　人瞻
那是董奉得道升天的杏坛①

五月的黄杏又熟了
换杏的义仓已消逝
密密的杏林默然在千古不变的福山
成仙的董奉精湛的医术却失传
沸腾的海煮一锅五杏汤
去医治澎湖湾的缺圆

① 董奉，东汉末名医，与华佗、张仲景齐名，史载为人看病不收钱财，植五棵杏回报，以杏换粮建义仓，救济贫民，后居杏坛得道成仙。

狗尾巴花礼赞

那一只只迎风招展的狗尾巴花
毛茸茸似大地长出的尾巴
都说灵性的狗儿欢喜时摇尾
多情的大地时时将祈福向世人泼洒
你借助的是春之光
你垒起的是花之塔
虽然你自身没有姹紫嫣红
青绿绿本色更显妖娆素雅
从不要人们播种浇灌
哪里有土地哪里都成为你的家
开花结果勿需蜂闹蝶戏
一缕清风足以送种子随地生根发芽
哪怕是沟沟坎坎不毛之地

哪怕是水滩沼泽孤岛悬崖
莫赞我风霜狂雨中生命顽强
只因我是大地忠诚的尾巴！

望月昨天今天

昨天乡村望月
月在绿叶枝头
纺织娘舞动纺锤和鸣清韵
大堰河碧波眨眼托月
相对映野菊　　牧童　　水牛
梦甜甜　　桂花飘来缕缕浓香
明晃晃　　光闪闪
　　　　　那一把经年不锈的吴刚斧

今天闹市望月
月在远远　　　模糊故土
消褪了初升空的羞涩　　　朗朗
云缠星伴　　遮挡的是座座高楼

盗药升天的嫦娥已徐娘半老

黑斑点点全无诗意

那曾是温顺的玉兔

梦不来　灯为伴

硕大的影子蹒跚　蹒跚

送落月的是遍地烟头

谁与月对饮

狷狂傲世的狂徒

谁同月起舞

辨不清夜与昼的醉酒

谁梦想攀月

传说中的子虚乌有

谁享受月照

天下苍生　苍生乐土

开江渔歌

冬眠的松花江暖阳中醒来
缓缓地脱去厚厚的冬装
压抑已久的激情涛声中翻滚
前浪涌后浪搅动起满江黄汤
久不游动的鱼儿撒欢亮翅
靠江吃江的渔家撒下缚龙大网

南岸北岸回应粗犷冲天号子
网网沉甸甸闪耀鳞片银光
纲举目张收拢擒获“浪里白条”
刺刃见红瞄准击穿“龙门鱼王”
飞舟专拣险处行
张罗只选旋涡荡

不用饵食不用钩
盯紧激流盯紧浪
飞花溅处低掠俯冲鸟
羡鱼临渊愁煞隔江望

日落江静舱舱满
月升烟飘户户香
村姑赴约柳梢下
泪萧传情韵深长
动听处曲曲渔家傲
显威风群群阮氏郎

冰河化冻
封水开江
鱼跃龙门
弄潮儿张网

慢流河的歌

我家住在小小的山窝
窗前有条长长的慢流河
冬天不枯竭的水长流潺潺
春天舒缓的碧流安详地漫过堤坡
裸露的鹅卵石留下我小小的脚印
粉红色的桃花落英引来游鱼嬉逐
晨曦霞光溶入慢流希望的梦
秋菊金黄点缀水牛爱美的犄角
红柳多姿撒下相思的叶片
瑞雪覆盖流水隐藏浅吟的歌

我曾折一只纸船放飞进清溪
梦想它是托我奔向海洋的大舸

我还曾嗔怨慢流河的水流太慢太慢
田野都金黄了，你似乎永远是一只酸涩的青果
如今我在高高的城市脚手架向你遥望
方知超越岁月的无情你情感太多太多
大山的岩石蕴积你不竭的源流
大山的重压蚀减你冲动的燥火
你也许有意地放慢脚步　　缓缓流淌
用你那从容的手臂摇动等待的石磨

《珍妮的肖像》启示录

不要惊慌　　不要惊慌
我年长的新郎
我会很快很快长大的
瞬间就会改变模样
不再是那带童稚气的小姑娘
不说爱可以改变一切吗
爱会似光速催我快长

在摇篮中我仿佛见过你
在酣睡中我仿佛梦过你
在想象中我仿佛寻过你
在生命中我一定在等待你
茫茫人海邂逅我不会让你再丢

滚滚红尘交臂我不会让你失去

我只知道
世界上的人只有两种　男人　女人
除此再没有什么差别　距离
我只相信
人类只有爱这一种真情
构成爱的分子掺兑不下一点水滴

《圣经》说亚当夏娃相爱在伊甸园
并没说他们年龄是否相当
可见上帝对此也忽略不计
爱因斯坦证明超光速时间会停止
停止了时间人不会衰老
你何必为此感到忧伤

不要惊慌　不要惊慌
我年长的新郎
停在你身上的时间在我身上发酵
真实的奇迹不再是幻想

等等我　　　　等等我

等等你瞬间长大的新娘

幽兰说

藏在深山里

生在野草丛

茂不需要沃土

香不依赖清风

天生的性情恬恬　　淡淡

天成的气味幽幽　　浓浓

不与鲜花争艳

　　　　　　不与百果斗雄

渴饮滴滴甘露足够了

最爱听溪水低吟淙淙

云雀聒闹

我不会献上花枝

山雨欲来

我不会撑开斗篷

蝶飞蝶去

乱不了我的天性

蜂舞蜂营

难改我君子之风

我自信有根就有花

有春天就有希望

香在深谷

香在幽中

哪需要飞撒播种

只因爱得太深

不是游鱼
谁去关注那泉枯流断的小溪
不做船夫
谁去测算那风暴洋流的潮落潮起
不去远行
谁去埋怨盘山小道的陡峭弯曲

农夫揪心荒碱土地的贫瘠
群鸟丧鸣森林草木的逝去
海鸥忧虑北极冰川的坍塌
治愈的聋哑儿惟恐有普通人的失语

人人都爱鲜花盛开的大地

也需要布满荆棘的护花藩篱

别忘了　　爱至深的是那几枝无花蔷薇

春节

一个不依赖光的影子
一群散放徜徉的羊
在水井里看到自己的农妇
发髻高翘扬燕子尾巴
斜插一朵艳红的山茶

木桶击碎假面的镜
惊悚　　空中出现团团爆米花
那是顽童硕大的涂鸦
衣袋装满红包　　折叠的老人头

炭火围坐说古的人们
村头歪倒流浪的醉汉　　逍遥

卧蝉通天的气空还未打通　　无助
冰凌在解体　　柳枝正聚神喷吐黄芽
没有雪　雪人的魂魄游在孩子的梦里
门神也在偷懒　　打牌去了

东北风吹着响哨游走
那是取完经的行者在翻筋斗
影子里没有他　　五指山还远
猪羊在油锅里热闹
世外的神仙正在睡觉
又一个鲜活的图腾偷生
灵动
　　惊恐
　　　　短暂

玄观的大师在预测流年
跑来跑去的是看家护院的狗
嘴里叼着有肉的骨头忘记了叫
苍老的村庄安静得仿佛死去
悄然而升　　组队的北斗

永远也粘不成一团

那才是勺子　　捞物都漏不下的长勺

谁能移得动呢？

风铃　风铃

铝合金的百叶窗前
我挂起一串风铃
难道这是无风的季节
久久未听到渴盼的天籁之音

这风铃来自恒河流域的圣地
印度铜铸就又重又沉
雕刻的人面佛像是两颗长长象牙
那是印度教徒心中崇拜的神

也许
　　远离故土的神佛已无呼风的法力
没有运动　　没有摩擦

积厚的锈斑镀层浅绿花纹

好奇的我伸手试试窗外
凉丝丝似闻一缕清风在低吟
轻佻的国风是看不惯神的严肃吗
还是人面长牙给风以恐怖狰狞
呵——
厚重不是风所喜爱的
你不给我轻浮
我不送你妙音

铝合金的百叶窗前
我挂上精巧的苏格兰风铃
又是晴朗无风的月夜
铃声忽响　　叮铃铃
舒缓清脆有韵
奏响的不是货真价实的印度铜
摇动的是欧罗巴多种金属的合成
光洁渡金没有庙台　　没有神像
卧躺一位赤裸丰腴的西方美人……

我仿佛梦见了草动羊游的苏格兰原野

黄种人的脖围上大方格的围巾

风也做梦了吧

似见扇动翅膀敲响久已沉寂的门

审丑组合的联想

大饭店五彩光耀
油漆大门迎客的是个侏儒
大舞台花花绿绿
插科斗浑红鼻子小丑
圣诞老人的形象总带几分滑稽
大大小小的吉祥物都是变形的动物
连俏丽高贵的观世音选择取经人
也偏爱瘦的猴　　胖的猪
东海的三太子虽然英俊倜傥
偏让他化身一匹白马
善良憨厚的沙悟净也留有满腮胡
大作家雨果把美德留给丑八怪
八百罗汉相貌忽略黄金分割术

许九经刘罗锅远离美男子
打鬼的钟馗怎么看也让人耸然毛骨
玉皇大帝选部下专拣奇形怪貌
比丑赛丑比不过阎王爷执政地府
羡妩媚世人想起狐狸精
惊神奇听书赞叹独角兽

美奂美伦的 T 型舞台秀
欣赏青春　　亮丽　　艳美
聚光灯下张扬美容化妆术
竟产生这样的奇想：
到底人们喜美还是喜丑
不琢磨还真是捉摸不透

丢与拾

鲜花最先丢失的
是枯萎的花瓣
果树最先丢失的
是成熟的果子
远征军最先丢失的
是老弱病残的士卒
人生最先丢失的
是不能原谅的愚蠢

狩猎人最先追逐的
是掉队的猎物
觅食的鸡鸭最先啄食的
是颗粒饱满的稻谷

蛀虫最先腐蚀的

是潮湿糜烂的出头椽梁

生活最先透支的

是不计未来的糊涂账

清醒的你会知道

不经意的丢与拾很容易

有所思的丢与失却很难　很难

别吓着孩子

牛顿从苹果落地

发现了力

但搞不懂力从哪里来

达尔文从物种变迁

发现了进化

但搞不懂谁在决定进化

爱因斯坦从时空扭曲

想象有相对论

但证实不了相对论产生的原因

《圣经》告诉我们上帝创造了我们

在偶然　在瞬间　在不经意之中

但没有告诉我们这一切是为了什么

婴儿呱呱坠地时放声大哭

这哭语谁也听不懂

也许都是成年人的游戏恐吓了他

别吓着孩子

智慧的成年人！

冬日之生命遐想

冬日

　　从北方灶台上热腾腾的饺子

　　　　　　　　　　　　而至

冬日

　　从南方孩子红彤彤的小手

　　　　　　　　　　　　开始

黑熊蹲仓

　　　缩起多汁的胆

寒兔觅食

　　　冻僵少肉的爪

森林冬眠

　　　已无成长的梦

林鸟眼盲

寻不到熟悉的家
蚁队在洞穴里布阵练兵
饱享储藏的陈粮
猎人在木屋里点燃旺火
延续醉酒的荒唐

雨结晶成雪花
拥抱大地精灵的深情
水成团为冰凌
锻造一套盔甲盖住流动的长江
风在舞多了几分暴躁
已没有春日的柔和
日在照少了几分威严
深藏起酷酷的锋芒
我乘飞机穿越冰雪的昆仑
舱内温暖如春
却想俯身摘一朵雪莲
惜相隔
簇簇团团
莲花般的白云

等待

午夜等待黎明
婴儿等待远行
小草等待春风
睡梦中的斗士等待号音呼唤启程

牛郎织女等待七夕相会
垂危病人等待华佗再生
乞讨的丐儿等待天降面包
罪孽深深的恶徒等待佛祖慈悲度人

天和地等待亲吻相合
雷和电等待云聚雨成
潮汐等待月圆之夜
爱因斯坦等待后人证实相对论

我在等待你

你在等待她

她在等待一个未知的等待

等待在等待模糊的等待……

时光

拔去几根白丝
捡起几根黑发
似听窗外枯叶掩葬了落花
秋蝉又织起一袭金色的外衣
银河流干了
　　　　　天幕又挂起红红朝霞

溢满的车流塞拥在宽阔的长安道
澄朗的晨空掠过群群觅食的寒鸦
交替的明暗冷暖麻木了单调的记忆
祖先猿猴也许就这样不知不觉剪去尾巴
岩洞中的水母黑暗中难知今宵几时
那一天

我曾在乞力马罗山下听冰川声声坍塌

当羿弯弓怒射剩留最后一个太阳
当七天过后伊甸园已不见亚当夏娃
当鹦鹉嘴龙化石沉睡亿年出土
当亿万光年的星光被地球吸纳
告别的是时钟走过一圈
迎来的是时钟再走一圈
只要人造的时钟不出错
时光的列车总会正点
　　　　　　　　不会有一秒误差

日全食正逢阴雨

吞日的天狗太累了
汗水化作倾盆大雨
盼天象神兆的人们失望
失望难满足惊恐的好奇

倘是月食不在十五的满月
倘是蚁队横戟无食可觅的戈壁
倘是洛水神龟遇到的是一群白猿
倘是天苍苍海茫茫无人处突现流星雨
天象还能告诉我们什么吗？

看透虚无是因时空太满
希望是因失望光顾太密

我们习惯了太多太多的神祇

神的万能也需要存在的土地

沙滩幻影

潮去的沙滩
松软　　平整
好似五月的陇上
金黄黄一片　　无际　　纯净
来了——
　　　　捡拾贝壳的孩子
走了——
　　　　留下一串长长的脚印

有人说那像弯弯的小船
我看更像顽童涂鸦的点睛
调皮的小蟹从沙中钻出
添几道细细的眉　似柳叶

难识这是七蟹八爪的画痕

风吹叶动柳树动了凡念
投几颗果
造浅浅的坑
画一张大大的嘴
扬厚厚的唇
海神馈送几团绿藻
几丝水草
蜷蜷地躺卧
伸展秀秀的鼻形

造物主惊吓得屏住呼吸
谁造了人？
那原本是我的责任！

不眨的眼盯视蓝天白云
不抿的嘴浮丝丝笑隐
贪欲的大海嗅出了国色天香
涌股股浪去抚摸　　亲吻

激情深情瞬间淹没了一切

情退去沙滩又再现了平整

藏身又出的蟹一片迷茫

莫非　　莫非刚见的一切都是幻影？

我们还能知道什么

据宇航员杨利伟谈：在太空行走时，曾听到有莫名其妙的声音，甚为惶惑；感而系之。

我们虽有明眸
　　但只能看到视线所触及的
我们虽有聪耳
　　但只能听到听觉所限定的
我们虽有敏觉
　　但只能感受到感官能感受的
一旦超出了这些
我们还能知道什么？

许多看到的事物

许多听到的声音

许多感受的七情

我们又不知为什么

宇宙　　黑洞　　麦圈　　飞碟

粒子　　经脉　　基因　　尘埃

还有那吞噬一切的百慕大

北极圈没融化的底层冰雪

我们除了猜想　　假设

还能知道什么?

古往今来多少哲人

芸芸众生多少智者

不过都是在人所能的范围考证求舍

面对不可及的天宇显得想象贫乏

面对分不出的粒子解释那么苍白

连自身的肉体都那么不易把握

更别说怦怦跳动的心送来神秘许些　　许些

不知道　　偏要装着多识

愚蠢的游戏哪年哪月才歇?

也许　有一天外星人真的到来

也许　炙热的太阳风暴送来熔液

也许　南北极的轴心突然倒转

也许　古老的玛雅预言不是虚幻的风月

可能那时才会醒悟

除了上帝让我们知道的

我们还能知道什么？

知道的　　不过是以无知换来灭绝

影子

月影　日影　水影　光影
最常见的是影
最奇幻的是影
最多变的是影
最挣不脱的还是影

潮汐涨了落了
　　那是大海的影子
田野绿了黄了
　　那是大地的影子
密林动了静了
　　那是风的影子
雾朦　日晰　云蒸　夜隐

那是山的影子

雷鸣　电闪　云涌　霞飞

那是天空的影子

钟文　秦简　汉帛　宋版

那是历史的影子

告别紫荷车的声声啼哭

那是人生亮相的影子

跨进烈火化为缕缕青烟

那是人生消逝的影子

都生活在影子的虚境中

都奔忙在影子的阴影里

要摆脱影子吗

除非　　除非世界没有光明

魔术戏法

世人都痛恨被欺骗
但唯独欢喜被魔术师欺骗

实现可能的事没有吸引力
本事在于把不可能变为可能

变的地方尽量让人注意不到
调动别人注意的是不变的地方

施障眼法需要托儿和帮手
托儿需越聪明越好
帮手需越愚钝越好
至少需要表面是这样

功夫在手快眼快

与观众一个等级就砸了饭碗

舞台上能变出钞票

生活中却缺少钞票

雕虫小技也需要大科学原理

但从未听说魔术师成为科学家

人人都希望玩一把魔术

但光懂得原理仍不会玩

将简单的事情弄得越复杂越有魅力

谜底一旦揭开

一切都极简单

猴山石猴

大山观看蹦蹦跳跳的猴群

久了

猴群学人对镜搔首弄姿的雅态

找镜子

山岩成了跳猴的镜子

山岩出现了跳猴的影子

一个石猴诞生了

凝固的喜怒哀乐

填实的没心没肺

山泉到此断流

走笋到此止步

岁岁月月　　年年岁岁

赏花开花落　　叶黄树绿

观猴争猴斗　　族兴族衰

你迈不开一寸土地

你耸动不了哪怕一丝双眉

你多盼山崩地陷　　鲜活的都消失

你多盼神仙点注　　跳下去当一回齐天大圣

滚烫的岩浆在你胸中奔腾

蹦跳的欲望烤灼你不安的灵魂

日出日落周而复始嘱你忍耐

鸟唱虫鸣撩弄拨逗考验你的韧性

你渴求会翻十万八千里的筋斗

你羡慕万人践踏路长路生的茅草芭根

你仇视点点剥蚀圆润假面的山峰

你妒忌妻妾成群猴王威风凛凛发号施令

你要占有这一切

　　无父无母哪知什么孝悌忍让

你要毁灭这一切

　　断子绝孙更不懂慈悲怜悯

想当个大王　　想当个大王
自信天生会七十二变无所不能

愤世嫉俗的吴承恩经过了五指山
他看到了这尊石猴
他读懂了石猴的心思
他编造了一个好听的神话
让他去西天　　随唐僧取经

望殇

种下的是水稻
生长的是稗草

栽植的是仙品
结果的是毛桃

播种的是龙种
收获的是跳蚤

泥塑的是人形
出窑的是魔妖

构图的是猛虎

成画的是病猫

布道的是佛法
成因的是邪教

本期望爱爱对语
到头来冤冤相报

世界上的事都那么奇怪
想逃的逃不脱
想要的得不到

世界上的人总那么聪明
人敬一尺　　我要一丈
人帮和泥　　我即上墙

最易利用的是仗义
最易欺骗的是善良
最易背叛的是真诚
最不易兑现的是希望

湖迷

荡舟在丛绿芦苇
那天　　遇阵阵春雨
看不见丝丝雨帘
雾浓浓云团塞堵水道难觅

乌篷船沿着水湾画圆
掌篙的船娘唱响壮胆的小曲
惊飞群群莫名的水鸟
船舷团团显现摇尾金丝鲤鱼

何方游来一只黑色天鹅
稳稳漂浮湖面尤显雍容　　华贵
波动船行绕过几多沟汊

柳暗花明再现一片天地

船舱的香炉正飘烟袅袅

芦苇波浪起伏

　　　　　　风还未息

引路的黑天鹅

　　　　　　扬翅远走

还不忘告声别鸣空深啼

那天　　正是寒微的初春

那天　　正是江南的雨季

那幕　　发生在芦苇荡易迷湖域

那人　　来自北国深山峻岭远水

寻鬼夜客

——记一幕少时所见

荒野　　漆暗　　篝火一团

亮处隐约黑影晃动

辨不清惊的情　　惶的眼　　笑的脸

三个黑衣的夜客　　有家不归

寻鬼　　不见　　燃一堆棘材驱寒

远处现人住村庄的模糊

僻静　　空灵传鸡惊狗欢

近处有鬼栖坟丘

　　　　　　　藏身灌木丛

裸露风化白骨

　　　　　　光闪悚然

乌鸦垒巢的紫槐生出弯月

飘落大地的是惨白　　淡淡

人都说紫槐树上吊的女鬼还未托生

夜夜现身穿大红绣衣鲜艳

启明星亮闪报东方破晓

阳气滋生世界又转到人寰

好事者相顾无言微微一叹

本不旺的烟收拢起温暖

熏黄的烟锅往鞋底磕一磕

再小心踏灭热灰星火点点

盼望中的迷人女鬼看来不现身了

多事的土地爷快醒了吧

困了　　散了　　各奔东西走路

相约再来

　　　　今晚

佛说

佛说

　　九天浩浩

　　众生渺渺

　　罪孽深深

　　苦海遥遥

人自奉万物之灵

人造卫星已近日月星辰

是佛陀判断有误

还是人类天生过分自信？

佛说

　　善哉善哉

慈航普渡

布施化缘

救难救苦

人恋红尘及乐正好

生生死死原来循环　　何处彼岸

顿悟自悟　　沙门不强人所愿

磐语钟鸣犹足音空谷

经唱佛音似鸿爪无痕

佛陀是否选错了超度的对象

佛说

修缘成果

面壁参禅

众生未尽

誓不成佛

人海茫茫　　后继蝇蝇

众生奉立地成佛

见影立竿

沙门也难阻老之将至

上品莲花也惧污日积沙尘

要不要先成佛呢

原来佛也有不觉不悟之所难

原来佛之内心也时常有苦有难

魂兮归来

夕阳渐隐伴暮色悄升
人闭户关门让灵鬼夜行
　　　　　　　　荒野阴阴的呈万物肃静
忽有凄凉的号叫空旷中传扬
焦虑的母亲为灵魂出窍的孩子呼名招魂

红彤彤鸡冠血滴滴诚奠土地
味浓浓烧酒泼洒洒敬献亡灵
五彩色丝线缠裹裹七把桃杖
黄裱纸灰风飘飘忽暗忽明
魂兮归来　　　魂兮归来
哀声声祈求捉魂的祖宗善心放行

长大了的孩子步出招魂的乡野
融入都市的文明
渗进文明的人群
已不记得少时诡异的那幕仪式
生病了
惜再无人为他招魂

或许成人了
不再担心失魂
或许成熟了
不再需要灵魂
汩罗江的招魂客早成史籍古董
熙熙闹市已分不清醉死梦生

乡野的那幕
真是愚昧
乡野的那事
全是迷信

一生

婴儿不会行走
只有偎依在母亲的怀抱
紧挨母亲温暖的胸膛
感觉到母亲稳重的步在动
　　　　　　　　　　　火热的心在跳
刚睁开的眼看着陌生的世界
尽管不知道那都是些什么
　　　　　　　　　　　但会哭　　会笑

儿童蹒跚学路
只有拉住父亲的手
大手向小手将温情和力传输
稚嫩的小腿虽还站不稳

新奇的外面天地在眼底尽收
不知道是什么没关系
多问为什么
智慧的父亲仿佛是无所不知的导游

成年能够独立
有了自由
无所顾忌的可以蹦跳远走
老师却圈定诸多禁忌
生活的烦丝缠裹你的腿足
精彩的大千世界反而因成熟被浓缩
没有了怀抱限制
视野反而狭窄
不能问为什么
内心角落多了迷惘疑惑

老年已过知命
明知没有束缚
限制四方游的是缺钙的腿骨
借助于拐杖

拐杖是冰凉的

木的　　竹的　　骨的　　亮的金属

曲的　　直的　　龙的形　　人的手

支撑的力只会使苍老更为佝偻

这时才留恋母亲暖暖的怀抱

这时才回忆父亲滚烫的大手

这时才惋惜青春的成年自寻的忧愁

差别

天的差别分野了黑洞　　星球
地的差别凹凸了海洋　　瀑布
时的差别形成了暗夜　　白昼
人的差别区别了贵贱　　贫富

差别——鸿沟
智者探求消除这差别
勇者奋争填平这鸿沟
当宇宙世界有一天没有了差别
水还会流吗
人还会老吗
地球还会转动吗
构成宇宙存在的还会不会是物质之“物”

情为何物

——由李泽厚先生“情本体”论引发

春雨有情吗
乘柔风飘飘
随斜燕潇洒
润泥无声催情萌
枝添几片绿叶
苗增几片嫩芽
燕垒巢　蚁搬家　汛待桃花
艳阳热吻湿土地
点点滴滴伴情蒸发　　蒸发

雪花有情吗
横渡彩云试暖凉
凝深情结晶八瓣梅花

瓦楞留情缠攀葫芦结

稚童添情点匀五官笑眉戏耍

冰河移情暖鱼翅

雪国矢情掩大地坑洼

春情难懂雪花意

星星泪眼看残缺撕破情面融化　　融化

明月有情吗

情送大地朗朗乾坤

编一段嫦娥飞天情话

乌鸦炸酱面寡味有日

吞仙丹奔月成神　俗界笑情傻

对月弄舞起清影

举杯邀月痴情醉汉谈笑忘家

谪仙也是庙堂客

情注才思不过将几首荒唐留下　　留下

竹帛有情吗

笋生有情节　　韦编三绝千古人家

离骚托情后人难识香草

春秋诲义晚生叹寡情不识桑麻
秦砖汉瓦无情掩埋道德文章
多情学子胡批乱注国风尔雅

那是一面模糊的菱花镜
那是一尊远古祭祀的图腾
那是一位巫祝职业的天问
那是一个痴人说梦的历程

那是一个弃了形而上的存在
那是一个仅剩形而下的合情
那是一个叹情遁逝的承认

锈蚀了理想仅存下朦胧
承认了世俗已远了追寻
别了　那吞天吞日的鼎
别了　那朱雀玄武的城

当奢谈人间佛教已不分大乘小乘的时候
当柏拉图的理想国已被聪明证明妄想的时候

当春秋的白马非马论已被人识破是诡辩的时候
当上帝死了成为咀嚼小小悲伤口香糖的时候
当哲学教授的讲堂空无一人的时候
当哲学博士找不到对象被人视为怪物的时候

你说　　该中国哲学登场了
那还可称为哲学吗
弃了逻辑终极只残存人间的绝情

冻土的萝卜有情
情深深但看翠绿鲜滴萝卜缨
荒芜中书写艳色
干旱里渗透水分
可惜储藏室容身不了廉价
那里早堆满名贵的红酒香槟
缨穗——干枯
萝卜——糠心
难坏先生　　难坏先生
朝思暮想在构思那个“情”

情为何物

情何以堪

情本别论

天上人间

天上没有时间
它只用地上的时间纪年
为显示天与地的区别
天上的时针走得有些慢

天上没有神仙
天外来客归来有些遗憾
空旷　空寂　空空的宇宙浩瀚无边
热闹的是相互拥挤撞击的星团

天上没有饥饿　疾病　洪水　干旱
只因还未把食烟火的类人发现
擅想象的地球人编出种种神话

思凡的思入地　　修行的盼上天

人造神仙的逻辑真是有些乱

有人说瑰丽的童话产生于人之童年

童年已往矣

童话却仍在

成年的男女偏爱长不大的童念

我不明白

我不明白山石为什么化玉
我不明白蚕蛹为什么化蝶
我不明白童稚为什么衰老
我不明白岩浆为什么冷却

都说宇宙是运动的
都说细胞会新陈代谢
都说沧海桑田往复轮回
都说生命无常交替生死寂灭

假若要的是这个变化的过程
　　人们为何对结果那么呕心沥血
假若都知晓今天明天绕一圈又会回来
　　人们为何观风测雨忧喜明暗的日月

假若都清楚这都是上帝玩的把戏

人们为什么对这爱折腾的上帝那么理解

明知道变是生命的常态

暂时的凝固还有什么不舍弃抛却！

苹果——乔布斯

我没有计算　　也难以计算
是吃苹果的人多呢　　还是用苹果的人多
我只知道　　我曾迷惑
发现苹果能吃的人已隐进历史长河
发明可用苹果的人却满世界红火
这个使痴男痴女心荡神迷的乔布斯
这个激荡在全球议论旋涡的智慧苹果
多少梦想创造时代的人归于梦想
你幸运地创造了时代：乔布斯——苹果！

我们熟悉过　景仰过　迷幻过
希腊神话那只引来战争的金苹果
裸体的夏娃在伊甸园偷吃的甜苹果

神经质的牛顿看风吹落地的青苹果
羊皮卷的经典告诉我们
这就是艺术　宗教　科学
你却不经意地象轻风一样悄悄来了
悄悄走近　占领了我们　你们的生活
无意改变却实实在在地改变了你我的生活

不是常常听人说
艺术擅长于感性
科学擅长于理性吗
你体现了感性和理性的完美结合

不是说神话植根于想象
市场植根于现实吗
你实现了融合所有现实细节的当代神话传说

有了你——
距离不再遥远
时间不再隔膜
心灵容易沟通

生活更为简略

有了你——

神奇也成平凡

多彩不再是云朵

愁思有婚床安放

五指发酵欢乐

松果体放大至千倍

一切都不会是幻觉

也许创造本是上帝的专利

决定人类生活的改变上帝不容置疑

乔布斯　　你挑战了上帝

已经把上帝得罪了　　他要召你回去

不要遗憾　　不要留恋

作为一个人　　你足够了

你留下了那只智慧的苹果！

补编

龙川感

龙川[1]感

龙川山巍形胜龙
清溪碧流水画工
历载牌坊石刻青
经代祠堂栋雕红
寓意深深乐荷蟹
帆状伟伟展鲲鹏
天道有酬人有情
神韵青萍唱大风

① 龙川，为安徽绩溪风景区。

秋物

白露风萧三更寒
月迷荷塘秋萍残
落菱暖泥护萌芽
沉藕出穴显玉山
闹蛙噤声空水净
孤鹤傲游只影单
红柳虚掷多情叶
难惊卧底客梦还

乡语

少稚离乡龙驹飞
壮岁返里老骥归
扬蹄奔走风雨路
张目辨识日月旗
秋风淮堤拂新柳
春鸡蓼院啼朝曦
苇花飘飘鹭千行
鹦鹉啄觅芡实衣

登山

仰视望山山有峰
俯首遥看峰低空
参天丛林掩浅草
巍峨楼台结巢笼
点点人行行默默
潺潺流水水淙淙
松涛会解游子意
柔手摘帽逼鞠躬

邂逅

周公托梦鹊入袖
剑桥池见天鹅舞
伦敦眼底惊明眸
康水镜面照销骨
清酒醉语羔羊约
阳春迷神牡丹丢
风来瞬瞬去匆匆
人间相痴在情留

故乡

旧人已老宅变形
萦牵索挂故土情
脉管长流淮水乳
声腔难改侉地音
投名紫荷化蓼泥
赐生皇考定海针
远足难改学步姿
神游不忘故乡行

檀[1]

枝碧叶绿名青檀
耐贫耐旱根扎岩
千锤百漂筋尚韧
换颜改色洁亦宣
文房四宝珍为首
史家绝唱依汝传
感佩汉儒蔡伦术
慧眼识英在深山

① 青檀，檀树的一种，其皮为造宣纸的原料。

记东营

黄河冲积三角洲
垒基远来昆仑土
袒胸奉献见白盐
腹腔蕴流藏乌油
潮汛唤聚游海鱼
涛涌缀集鸣沙鸥
长风吹动摩天浆
给力摇游复兴舟

秋景

蓼城锄禾乐老翁
鸡戏蝉鸣竹荫中
豆蔓扯藤剪不断
野草斜根理复萌
青苗沐阳日见长
黄猫凑趣人来疯
小院金桂满眼醉
人羡悠然玄德公

题九华山皇印集[①]

僧避名山静参禅
黄袍黄墙恋皇权
寺寂山寒盼君恩
京扰宫闹思林泉
通天赦封天子印
祐福回报福音卷
心心相通朝野近
谁说山高皇帝远?

① 佛教圣地九华山有历代皇帝赐印十二枚,称之“镇山之宝”。今人集印章装裱，为罕物，感咏之。

虫变

天公造物高一眼
能屈能伸性近蚕
寒冬沉眠为圆梦
阳春展羽比艳颜
迷幻迷思庄周梦
爱奇爱深梁祝缘
人莫惑我善超变
情生情种情无边

中秋湘地即景

岳麓山脊庆中秋
满月悬挂桔子洲
江流飘飘孔明灯
蟾宫晃晃吴刚斧
笙筝和伴湘女情
杯酌对影骚客舞
绿荫浓浓花蝶戏
虹霓闪闪销金窟

同学少年人已去
嫦娥半老愁长留
靡靡楚调音有韵
软软新词声无骨

潮起潮落定圆缺

云隐澄显何喜忧

天上人间闻香桂

中流击水缺飞舟

清辉洒地地惶惶

谁问苍茫主沉浮？

海南岛吊苏子

路断轼废改乘舟
东坡隔远牛嗥忧
潮起盼饷待子曰
月明入梦空吴钩
天赐椰衣名士冠
海馈苔肉美食谱
南国风逝唐宋味
人追苏子效风流

海口晨吟

海城未醒海先醒
软吐风语唤椰林
浪波拍岸掩人迹
云霞催日漂红绫
寂港空桅卧静帆
动海涌涛走飞艇
滩头绿帐花隐色
深荫时弹落果吟

访贾平凹桑梓[①]

龙驹寨迹吊秦皇
船帮会馆辨石坊
丹江环绕水已瘦
凤城秀立山延长
青核压枝桃献寿
黄谷垂穗民亦康
文曲思凡送灵地
平凹蓄流酿纯浆

① 著名作家贾平凹桑梓为陕西丹凤县，古称龙驹寨，有船帮会馆旧迹。

过秦岭隧道

秦岭高兮耸云天
隔断南北造雄关
苍楠郁郁霓裳曲
烽火连连阿房叹
淮阴穿裆岩洞暖
禄山抚冠顶峰寒
当年玄宗逃亡路
穿越通途行不难

过商洛

不到商洛哪识隐
林深听泉不见泉
十八败骑潜星火
百万雄师势燎原
皇宫更漏驿卒醉
荒寺磐伴闯王眠
兵溃何不返旧地
遗恨成名九宫山[①]

① 关于李自成结局的传记有多种，这里取九宫山就义说。

记梦

歌罢掉棹书生梦
北雁南觅情恨空
春残伤时秦淮月
夜半惊魂寒山钟
舟山雾显舟不见
灵隐香绕灵无踪
江帆新弦竹枝曲
瓜洲野渡多蒿蓬

读迟子建小说《黄鸡白酒》

无意雪国舞龙天
笔走野巷马齿苋
黄鸡泛热送腹暖
白酒微醺驱胃寒
小摔小闹世间情
大喜大悲槛外仙
谁思春婆何长寿
爱心存弥寸草间

雨后听鹊鸣

昨夜风雨惊塞耳
晨起喜听鸟唱歌
绿枝新雨翅洗尘
澄空鲜风嗓添乐
修道自有抱朴子
问吉何需梅花课
荡涤回肠声共鸣
清心明脑全在我

悼张爱玲

都市丛林孤独侠
谁识当年豪门花
月残珠泪泪溢彩
春老鹃啼啼吐霞
沉香明暗祭流年
玫瑰红白缀华发
归梦尘封小团圆
苦海终岸思无涯

置身野生动物园

山际苍茫水荒边
兽啸鸟鸣置史前
狮卧虎游犀牛阵
鹰扬鹿奔白象班
天籁送曲少人语
旋风卷尘无炊烟
祖先善变难合群
和谐图景独缺猿

渭河叹水

秦岭雪融晶莹透
瀑入渭水分清浊
浊浪浑浑虾易饱
清流许许鱼难游
咫尺相隔阴阳界
方寸截断明暗路
不知太公垂钓时
撒饵抛钩在何处？

秋韵

人爱秋空观巧云
七夕偷聆鹊桥情
漫漫山川枫染红
澄澄溪涧菊撒金
露凉霜寒酿甜果
风萧天净吊清音
谁说春光独占宠
秋实有韵味深深

无题

读经志效老庄游
涉水凭挂依天葫
寿超蝶寿迷化蝶
步快牛步慢骑牛
耕山犁翻天尽野
摸鱼手触鬼见愁
惑梦懒拜周公解
黄尘掷币定去留

观人艺新排话剧《家》

忽隐忽灭霓虹光
幕开幕合古围墙
鸡吵鸭斗净旦丑
新旗旧帜红白黄
天理昭昭花烛泪
人伦渺渺荷水殇
秦砖汉瓦灰飞灭
逆子挽曲唱凄凉

听郑公谈暗物质[1]

天问难解迷气场
辟谷无饥惑阴阳
时空作茧人自缚
俗物缭乱目也盲
有中无物方得道
明处辩暗称大王
识得三佛原一体
混沌乾坤笑天堂

① 郑公，名郑琪，对暗物质研究颇有心得，与之谈，感悟多多。

肖像

北萍结籽落山南
水乡催生小荷尖
启蒙晨时槐响钟
悟道夏至蓬穿莲
旁观红袖知甘苦
身袭锦袍试暖寒
褪尽铅华骨挺立
根化玉段送秋甜

忆恭王府景

店拥摊挤目琳琅

沿街叫卖托恭王

九曲廊亭浮生梦

十圆笼灯照红墙

疏影凄凄潇湘竹

淡痕舞舞蝙蝠坊

风刻雨蚀太湖山

后人曾识花石纲

后海寻幽小景

朝歌酒舞金玉堂
喧闹尽头野葫乡
倚栏数星星寥寥
拨水戏鸭鸭慌慌
浪静平风多弄潮
孤帆只影隐严光
赤足原效大仙游
荫里惊起野鸳鸯

夜游后海有感

水入后海浮画舫
游人如鲫争逐浪
歌飞舞扬蛙噤语
灯红酒绿月失光
古迹斜街寄慢邮
新漆曲廊待柳郎
凉风送意三更过
逝者如斯来日长

忆蓼南老屋[①]

堰头丘垄顾家园
五禾顿首争丰年
春来樱红香椿嫩
秋至桃熟荸荠甜

网洒荷塘鲤鱼肥
刀试竹林笋鸡鲜
东房翁喜刚添丁
西屋婆乐又结缘

豪门春阁昨日梦
小衙牧道醉中谈

① 蓼，春秋时国名，位于安徽省霍邱县，为作者故乡，也称蓼。

扶犁不忘辨本草
挑灯专选读陶潜

悬壶传代金匾方
执鞭接承桃李田
洛阳游子惊见问
哪知破茧化蝶难

客宴

晚晴日隐霞飞长
暑天热地火入肠
酒不醉人人自醉
语无道情情作慌
西窗烛影影憧憧
巴山雨远远茫茫
清风凑寒不济热
团扇漫摇送丝凉

贺京华徽金村开业

乡友储修义，在京办徽金村饭店，乡菜乡语乡风，深受乡亲欢迎，应之邀，开业赋诗志贺。

徽班徽腔待老乡
金寨山珍堆满堂
村姑乡嫂调百味
储客聚友送热肠
修德不为铢两计
义结远避名利场
敬佩桑梓出俊杰
迎来京华皖放光

为荻港渔村作

湖州荻港渔村，位于太湖边，风景宜人，为新农村建设典范，据介绍由关闭化工厂旧址所建，感新时代农民环保意识之强，咏颂之。

平生久闻太湖美
读报忧思蓝藻戏
荻港春景花朵朵
渔村秋色水依依
隔冬孕果看枇杷
经霜酿香有金桂
舍得聚钱三桶油
换取清源碧波丽

游雁荡山

雁荡不闻大雁语
但见抱拥情侣峰
心驰神似日朗朗
意会形肖月朦朦
走索飞渡悟空子
攀梯仰拜观音容
情泼东海净瓶水
声唤雁归苇丛丛

青田刘基读书处感言

鼓旗驻守苍梧山
寻迹云渡屐苔斑
石床瞰瀑温尚存
书院辨碑字已残
天洞风诵烧饼歌
地门雪呻郁离叹
古祠求卦后来客
谁人识悟神仙难